Eva Zeller

Ein Stein aus Davids Hirtentasche

Gedichte

Eva Zeller

Ein Stein aus Davids Hirtentasche

Gedichte

Herder
Freiburg · Basel · Wien

Herstellung: Freiburger Graphische Betriebe 1992
ISBN 3-451-22923-4

Wenn man glaubt, glaubt man nicht, daß man glaubt; und wenn man nicht glaubt, glaubt man nicht, daß man nicht glaubt.

DOSTOJEWSKI

Inhalt

Gebetmühle

Ich möchte noch einmal sprechen lernen

Die Erinnerung

Gebetmühle

Was mich betrifft

Was mich betrifft,
ich kenne Dich nur
vom Hörensagen.
Am Brotbrechen
kann ich Dich
nicht mehr von den
anderen unterscheiden,
Deine Kleider nicht
anrühren wie die
blutflüssige Frau
in der Menge.

Spätgeboren wie
ich bin, kann
ich mich nur
kopfüber aus
dem Strom der Zeit
herausziehn lassen,

ein Déjà-vu-Gefühl,
als erlebe ich
noch einmal
das Trauma
meiner Geburt.

Gebetmühle

Für manche ist Beten
ein Hexeneinmaleins, da hilft
schon Dein Name allein,
wie das vielversprechende
Wort Augentrost bei
Bindehautentzündung hilft,
kühle Auflage auf
verweinte Lider;

für andere wäre es eine
Schnapsidee, Dein Name
schon im Kehlkopf
im Reißwolf;

ich habe mir eine hölzerne
Gebetmühle ertrödelt,
vollgestopft mit
hingemurmelten Sätzen,
die dreh ich, wenn
mir die Worte fehlen,
drehe, wenn mir das
Maul nur plappert,
drehe zurück, um
rostige Jahrhunderte
zurück, über Gewisper,
Seufzer, Stoßgebete

zurück, bis einer, ders
wissen mußte, sein
Psälterlein nimmt,

in die Kammer läuft,
sich ledig und lustig
zu machen zum aller-
notwendigsten Tagwerk,

dreh weiter zurück, bis
der Liebling Gottes
mir bittere Worte in
süße tauscht, der
Bettler, flügelumflattert,
vor seinen kleinen Füßen
zwischen den Steinkulissen
Assisis entspringen Quellen

Die Engel

Als Metapher
sind sie allemal
sehr gegenwärtig.
Ich meine die Engel.

Sie sind einfach nicht
aus der Welt zu schaffen,
da kannst du mit
Engelzungen reden,
sie haben ja eine
Engelsgeduld.

Wenn du Zahnschmerzen hast,
kannst du die Engel
im Himmel singen hören.

Ein Engel geht durchs Zimmer,
wenn alle in Schweigen versinken,
das ist so gut
wie nie der Fall.

Die Engelmacherin
hat Engel gemacht,
das Gewerbe ist heute
in Paragraphen verankert,
Schönrederei nicht mehr
im Schwange.

Hitler hörte noch
weiland vierundvierzig
die Flügel des Friedens-
engels rauschen –

Kein Wunder, schwebt mir
kein Engel mehr vor,
es sei denn der eine
aus vierte Mose zwoundzwanzig,

der in dem endgültigen Licht,
der dem Bileam drei Mal
den Weg vertritt, aber nur
Bileams Eselin hat ihn

wahrgenommen und hat
drei Mal gescheut und sich
drei Mal schlagen lassen,
bis endlich auch Bileam,
dem Hellseher, die Augen auf …

Du aber

Tatsache ist,
daß wir uns
am Rande nur
einer von un-
endlichen vielen
Galaxien tummeln

Sisyphos empfiehlt
trotzalledem in die
Hände zu spucken

Du aber willst
das Beten von uns han
von eingeschüchterten
Lippen den Vers
den wir uns drauf machen

jedes Wort
ein Paul Gerhardt
geboren reimt sich
auf erkoren
das Süßste auf
Allergewißte

das Ineinanderfließen
von Sprachen hier
am äußersten Rand
nur einer von un-
endlich vielen Galaxien

Das Buch das er nicht schrieb

Das Buch, das Er
nicht schrieb, ist ein
Bestseller geworden;

im Hotel liegt es auf
meinem Nachttisch
neben der Digitaluhr,
in ihre glühenden Augen
steigen die Minuten
wie Tränen, versiegen,
füllen sich auf,
lautloser, trostloser,
regelmäßiger als
mein Herzschlag;

obwohl, wenn ich mich
in die Schlafstellung
des Jüngers lege,
den ich auf einem
Kapitell gesehen habe,
hingeschmiegt unter
die Last des Gewölbes,

zeigt die Zeit
im Finstern
das Sakrament
des Augenblicks
im Jahre
soundsoviel
nach Christi
Geburt

Sie werden lachen

Sie werden lachen:
die Bibel, dies
Sammelsurium der
Schlitzohren und
Opferwütigen, der
Ehebrecherinnen und
Gebenedeiten, der
Judasse und derer,
die mit ihren Tränen
prangen dürfen.

Sie werden lachen:
die Bibel, die
Lautschrift, um aus-
sprechen zu können,
wonach der Kranke
sich müde seufzt,
der Empörer in
unterkellerten
Städten.

Sie werden lachen:
die Bibel, ein Buch
zum Verschlingen,
Himmelherrgottnochmal,
und ich bin
höllisch froh,
daß es dermaßen
dick ist.

Das Rascheln der Seiten

Das Rascheln der
Seiten und Halme
mein Atem
blättert sie um

Aus dem
Buch Ruth
lese ich
die Ähren auf

immer hinter den
Schnittern her
das Feld grenzt
an Wunder

Das unverschämte Glück

Nicht daß ich
es lese, um es
zu lesen, ich

habe nur das
unverschämte Glück,
am Tropf dieser
Worte zu hängen.

Jeremia 20,9

Sage ich mir aber
ich will nicht mehr
an Ihn denken
und nicht mehr
von Ihm reden
Er ist kein Thema

Wer oder was
brennte mir dann
auf der Seele
wem würden meine
Lauschangriffe
gelten wem
setze ich
kniefällig zu

Ich fürchte
ich liefe durch
dies Labyrinth
als ob ich
in ein Bild
von Hundertwasser
geraten wäre.

Jeremiade

(Michelangelo: Sixtinische Kapelle)

Jeremias, Sohn
des Hilkias, mit
Grimm erfüllt über sein
unbekehrbares Volk,
wünschte sich, daß seine
Mutter sein Grab geworden,
ihr Leib ewig schwanger
geblieben wäre.

So oft er redete
mußte er wie ein
Blasebalg schnauben,
weil alle nur greulichen
Götzen nachliefen,
wiehernd wie Kamelstuten
in der Brunst rannten
sie hin und her.

Brüllten Friede, Friede,
aber fraßen sich voll
und feist, nur um zu
morden und Gewalt über
Fremde zu üben. Sela.

Solchen Leuten, es sei
dem Himmel geklagt,
hat der Herr Herr das
blühende Land gegeben,
seinen allerschönsten

Besitz und im Ernst
geglaubt, sie würden Ihn
lieber Vater nennen.

Die Lippen der
Propheten weiden
die Worte nicht,
das Menschenbild,
sagen sie, liegt
in Scherben, Gott,
sagen sie, ist des
Erbarmens müde.

Wer sein Mund hat
sein sollen, zieht sich
besser in die eigene
Legende zurück,

Sitzt da, verkleinert
und seitenverkehrt
in Millionen Suchern,
geblendet von Blitz-
lichtgewittern,

Melancholisch das
Kinn aufgestützt, als

habe man ihm eine
Zeitung von heute
in die Hand gedrückt.

Moses

Moses soll ein
  Stammler gewesen sein

Wem feurige Zungen
  ins Gewissen reden

Wie sagt er es
  seinem Volke

Jedes Wort eine
  Offenbarung zu

Kurz der Atemstumpf
  für Träume Gesichte zu

schwer der Stab für
  die Hand ich rede

Nicht von den
  steinernen Briefen

Was ist das Du sollst
  Du sollst nicht

Moses er muß alles
  wörtlich genommen

haben soll ein
  Stammler gewesen sein

Lukas 21,28

Wenn aber dieses
anfängt zu geschehen,
wer könnte denn seinen Kopf
in den Nacken legen

als erscheine hoch oben
an einer Hauswand
ein elektronisches Bulletin
in rasch wieder ver-
löschenden Zeilen ...

Mit Blindheit geschlagen
lese ich weiter
in Brailleschrift,
erhaben, ertastbar.

Mein Arbeitszimmer

Meine ADLER heißt jetzt
BROTHER, die deutsche
Bedienerführung leitet
mich von einem Wort zum
anderen, schwarz auf grün.

Mit einem Typenrad
schreib ich in so lupen-
reiner Schönschrift
wie mein Großvater
mit seinem Gänsekiel.

Auf meinem Schreibtisch
unbeantwortete Post,
eilige, noch eiligere,
beigesetzt unter
zwei Briefbeschwerern.

Der eine mit Mörtel-
und Graffitispuren,
ein Stück aus der
Berliner Mauer,
die meine Stadt
erwürgen wollte.

Der andere weiße
ist einer der fünf
rundgewaschenen Steine
aus Davids Hirtentasche.

Kein Besucher fragt übrigens,
wie der blaue, ausgelaufene Fleck
an die Wand über der obersten
Buchreihe gekommen sei;

nur manchmal sucht einer
verstohlenen Blicks
nach den Scherben
eines Tintenfasses.

Hätte man

Hätte man Ihm
da sei Gott davor
eine Totenmaske
abgenommen
nach der Neigung
des Hauptes
unter der
aufgespießten
Überschrift

die Stirnwölbung
mit den Dornenmalen
die jüdische Nase
Kinn Wangen den Mund
nach dem Schrei
in Gips Wachs Gold
oder Bronzeblech

Hätten späterhin
die Eiferer das
Abgeformte für
authentisch erklärt
wie den Heiligen Rock
zur Schau gestellt
geschminkt ganz und gar
im diamantbesetzten
Schrein hinter der
Samtkordelabsperrung

noch die leer-
äugige Maske
barmherziger Gott
vergösse Tränen
über uns

Ausstellung

Seit Kunst sich
über Ihn hergemacht,
buchstabier ich die
innige, analphabetische
Sprache der Verkündigungs-
engel, bleibe mit Kinder-

augen vor Krippen stehn,
in die ich mich gern
hineinmalen würde zwischen
die sprachlosen Zeugen,
als ob mein Sinn
ein Abgrund wär.

Hast du gesehn,
wie Maria den
Jesusknaben nach
Strich und Faden
versohlt, wie Er

zwölf ist und alle
die Köpfe über
Ihn schütteln? Die
Bilder sehn uns an
und dunkeln nach.

Eine Heilige Familie
von Mantegna oder wars
eine Ruhe auf der Flucht,

soll schlanke vierund-
fünfzig Millionen
Dollar erbracht haben.

Er schlafwandelnderweise
auf Auen, auf Wellen,
wo sich doch unter
Seinen Füßen tektonische
Platten verschieben;

als Koloß über Rio,
daß man den Kopf
schräg halten muß.
als Schweißabdruck auf
Tüchern, in Schnee-
kugeln eingeschneit,
was man nur kann er-

denken, hin und her-
rutschend auf Postkarten,
je nach Lichteinfall
tritt Er dann herfür,
(ein Wunder, daß
wir Ihn nicht als
Lollipop lutschen)

Er last not least
durchbohrt, schimpfieret,
Lichtschranken trennen
mich von den weltbe-
rühmtesten Kreuzigungen,

auf einer zeitge-
nössischen neigt

Er das Haupt unterm
Stahlhelm, erstickt
das Warum in der
Gasmaske, ach

Ihn dürstet.

Dann muss ich wieder nachschlagen

Dann muß ich wieder nachschlagen,
Er habe Seinen Engeln befohlen,
daß sie mich buchstäblich
auf Händen tragen sollen.

Am liebsten springe ich
von einer Lieblingsstelle
zur nächsten, Wort für Wort;

die nicht fettgedruckten
behaupten, es öffne
nur Trübsal das Ohr mir;

nicht genug damit,
das Maß der Trübsale
werde mir zugemessen.

Zu gütig, könnte es sein,
daß mir da manchmal
ein Quentlein zu viel
der göttlichen Vorbeugungs-
mittel verabreicht wird?

Sollte Er das
Seinen Engeln
befohlen haben?

Heute bringe ich
es nicht fertig,
Analphabet der ich bin,
weiterzulesen.

Mütterlicherseits

Mütterlicherseits
waren sie Hugenotten,
Seidenweber aus
der Gegend um Nîmes,

Wo sie sich die
Seinen nannten
und Ihn ihren
Bräutigam:

Voici l'epoux,
allez à sa
rencontre,

Einen Stuhl
mehr hinstellten,
Ihn aufzunehmen,

Ein Gedeck
mehr auflegten,
daß Er ihr
Gast sei,

Das Buch
aufschlugen,
Ihm zuzuhören,

Die Tür einen
Spalt offenließen,
damit Er jederzeit
in sein Eigentum komme;

Ein Sehnsuchtsbild:
Stuhl Tisch Buch Tür,
auf unsichtbarer Kette
in einen Gobelin gewebt;

Den haben die Motten
zerfressen und
verschiedene Kriege
samt Stuhl Tisch
Tür und Buch

in längst
vergessener
Sprache

Notizen in Bethlehem

Bei Gott nicht hinab-
gestiegen in die
überbaute Herberge.

Mir keinen Stern
aufschwatzen lassen von
Devotionalienhändlern.

Meiner Straße gezogen,
die immer schmäler wurde,
bis etliche dieser Wege

sich mit Hürden verzäunten.
Eine Ahnung
von Tuten und Blasen.

Beth-le-hem,
ein Name wie von
Schafen geblökt.

Im finstern Tal

Im finstern Tal,
und ob ich da
wanderte, so weit
von den grünen Auen

entfernt, daß die ziehende
Herde ebensogut
ein Fluß sein könnte,
durch unseren

Augiasstall geleitet,
um ihn auszumisten,
der Hirte ebensogut
der Fährmann im Kahn.

Daniel in der Löwengrube

Ich beuge mich
über den Abgrund,
aus dem es noch immer
mächtig herausleuchtet.

Wie ist diese Nacht
hingegangen?
Ob der besagte
Engel kurzerhand
die Todesrachen
zugehalten hat?

Oder ob er noch
in Geiermaske
seelenruhig ab-
gewartet hat, wie
lange einer solche
Glaubensteste
aushält?

Der Stall

Eine waghalsige Konstruktion
dieser Stall Lukas zwei
Gesellenstück eines
Ruinenbaumeisters
zwischen Versicherung
Kirche und Klinikum
Abrißbirnen schwingen
von überall her wo doch
ein Fußtritt genügte ...

Wie wird man die
Baulücke schließen
Wohin mit Mensch und Vieh
Allein schon die
Aufzählung von allen
ergäbe ein wunderliches
Ensemble auf diesen Brettern
die die Welt ...

Aber erst solln sie
noch einmal zum besten geben
wie man einen Stern
zum Stillstehn bewegt

Autun

I

Von den drei schlafenden Weisen
auf einem Kapitell in Autun,
die den neugeborenen König
der Juden angebetet haben,

wäre ich am liebsten der,
dessen Hand auf der steinernen
Decke liegt, angetippt vom
Zeigefinger des Engels; sacht

verschieben sich die Kulissen;
umbefohlen, nicht denselben
Weg nach Hause zu wandern,
den der Stern sie geführt,

schlafen sie noch eine
kleine Ewigkeit weiter, bis,
entbunden von Verstehn,
die Traumspur zur

Fährte geworden ist;
die schweren Augäpfel
rollen, ich öffne
gerade die Augen.

Autun

II

Hier bist selbst du,
ob du's glaubst oder nicht,
einer unter den Künstlern,
ihre Zahl ist Legion,
deren Werk überdauern wird:

beim Kommen und Gehn,
und sei es auf Zehenspitzen,
meißeln sie Fußspuren
in den steinharten Boden,
jeder um ein unmeßbares
mehr.

Tedeum

Frohlockenkönnen
über ein Wort wie
frohlocken, das
geschrieben steht
unter anderen vom
Aussterben bedrohten
Wörtern.

Was da nicht alles
frohlockt in der
Konkordanz zwischen
fröhlich und fromm:
Berge und Wasserströme
frohlocken, worüber
um Himmelswillen?

Frohlockend wachsen
Zypressen statt Dornen,
Myrten anstelle von Nesseln.

In Davidischer Herzenslust
klatschen Bäume in die Hände,
mit zitternden Beinen
trommeln Zikaden;

Leier und Rohschalmei
fallen ein, Rauschflöte,
Zimbel, zehnsaitiger
Psalter, güldener Mund.

Frohlockend unter dem
Schatten Deiner Flügel
die vox humana, die
eigentlich keinen Grund
zum frohlocken hätte,

Doch noch in Klageliedern
frohlockt und frohlockt sie:
der Schmerz sei ihr Atem,
ihr Klang das zerschlagne Gemüt.

Frohlocken, ein
unbelehrbares Wort,
das sich nicht
verteidigen kann
mitten im Höllengelächter.

Triffst du das Zauberwort,
hebt die Welt an zu klingen:
Banjo, Hawaiigitarre,
Saxophon, Schlagholz,
Waschbrett, Vibraphon,
der Schrillapparat
der unverdrossenen Grillen.

Frohlocken, ein Wort,
buchstabenweise rundum
in Glocken geritzt,
jubelnder Einklang.

Auf den Kopf gestellt

Die Welt
auf den Kopf
gestellt

Ein Mädchen
im Kindbett

Die umgewor-
fenen Tische
der Börse

Die hinge-
haltene
andere Wange

Die Gefängnisse
gefangen

Die Achsen der Welt
so kreuz wie quer
aus anderem Holz

Der Aller-
verachtetste
beweint

Der Tod
einfach nicht
zu begraben

Aber ich schreibe

aber ich schreibe
ja heute mit
sich windenden
Buchstaben als
ob Papier ge-
duldig wäre

Ich denke

Ich denke
aber ich
getraue mich nicht
es zu sagen
immer noch
guter Hoffnung
für schwanger
heimgegangen für
ins Gras gebissen
Ebenbild für
Hinz und Kunz

als sei das
eine Mundart
in der ich
sprechen gelernt
oder als drehe sich
eine bierdeckelgroße
Diskette in
meinem Kopf

ertappe mich
mit Verlaub
bei einem Wort
das fast wie
Erbarmen klingt
Erbarmen
flüstere ich
Erbarmen zu
nachtschlafender Zeit

reden andere
Leute so daher
höre ich in einem
wildfremden Land
meine Muttersprache
expressis verbis

Passionsblume

Zum Beispiel die Blüte,
jeder Kelch eine schöne,
schamlose, aufgetakelte
Peepshow,

Der Klatschmohn hält
ein umgeschlagenes Blatt
errötend über das
Liebesspiel im Honigmond

Die Passionsblume
in ihrem Glorienschein
macht den Fruchtknoten
breit hieft eine dreifache
Narbe hoch fünf Staubfäden
spreizen sich mit
beweglichen Beuteln

Das fromme Gemüt
das so gern die
Augen verdreht
erblickt in den
drei Griffeln
die Nägel am Kreuz
in den fünf Filamenten
die Wundmale Christi
im Strahlenkranz
ohnegleichen die
Dornenkrone

Ein Psalm zu singen

Ein Psalm zu singen
wenn meine Hoffnung
nur noch am
seidenen Faden hängt

dann wäre ich gern
die Ranke vor
meinem Fenster mit
ihrer Suchbewegung
zum Licht

ein wilder
Bienenschwarm
über erfühlter
Wasserader

eine Brieftaube
ganz und gar
mit dem Sonnen-
kompaß im Kopf

was sage ich
der Blütenküsser
Kolibri um an den
süßesten Göttertrank
zu gelangen zapft
er mit dem Schnabel
den Kelchboden an
zwanzig Blüten
pro Minute

Wir aber

Wir aber führen uns auf,
als hättest Du nur
mit dem Zaunpfahl gewunken,
Dich in Andeutungen ergangen,
uns mutmaßen lassen und
uns Denkzettel verpaßt,

gehn mit Dir um,
als rupfe man einer Blüte
Blatt um Blättchen ab:
Er liebt mich
Er liebt mich nicht
Er liebt mich.

Schade

Gerechtigkeit und Frieden
küssen sich nur in den Psalmen,
aber da küssen sie sich,

lagern sich zusammen
wie zwei Atome
ein und desselben Moleküls;

im vergrößerten Modell
ist zu sehen, wie inein-
anderverschmolzen sie sind;

schade um diesen
hinreißenden
Entwurf.

Aber heute

Aber heute,
allmächtiger Gott,
setze ich das
Unmögliche in die
Möglichkeitsform,

als sei ich
selber aus Ägypten
weggeführt worden,

als sei meinetwegen
der Riesenaufwand
mit dem bestellten Fisch,
dem Wurm, der den
Schatten wegfrißt,
dem heißen Ostwind
in Szene gesetzt,

als habe mein Ohr
die rostige Winde
am Ziehbrunnen,
das Füllen des
Eimers gehört,

als sei es meine
verdorrte Hand,
die sich wieder
bewegen kann,

als habe ich mich
leibhaftig zu den
Krüppeln gesellt,
die warten, ob sich
das Wasser im Teich
am Schafstor bewegt,
aber Du bist
vorbeigegangen,

ein Foto mit Selbst-
auslöser, da steh ich,
die Augen vom Blitz
geschlossen, als sei ich
umleuchtet.

Angst

In einem anderen Land
schien eine andere Sonne,
eine von den Milliarden
Milchstraßensonnen vielleicht,
die zerpulverte hinterrücks
das Reifenprofil unseres Jeeps,
die lag auf dem Wüstengecko
mit der durchsichtigen Haut,
man konnte die Wirbel zählen,
die Herzschläge nicht, so
also sieht die Angst aus, ein
flackerndes Herz unter Glas,
eine gelähmte Zunge, die
nicht einmal mehr den
eigenen Namen ruft.

Traumtänzer Glaube

Traumtänzer Glaube,
schwindelfrei über
alle Beweise erhaben,
majestätische Balance
eines Philipp Petit,
der auf der Luftlinie
zwischen Eiffelturm
und Trocadero
offenen Augs
die Erklärung
für Menschenrechte
über die Seine trug.

Abgesang

Der besungene Mond,
klassisch wandelnd
unter den Sternen,
Freund welcher Gedanken?

Der Mond, dem Hiob,
als er sich wünschte,
lieber erwürgt zu sein,
noch Kußhände zuwarf,

und den Jesaja sein Licht
zurücknehmen und schamrot
werden ließ, weil Menschen
in dröhnenden Stiefeln
gehn und ihre Mäntel
in Blut schleifen.

Seht ihr den Mond dort stehen?
der Mann obendrauf
von der Apollobesatzung
stellt einen Riesenreflektor
auf einen Kraterrand.

Weil unsre Augen sie nicht sehn,
ertasten Laserstrahlen
die Einschlagstellen
außerirdischer Steinregen

während der Mond
sich um die Erde,
die Erde sich um
sich selbst und
um die Sonne dreht.

Anderen hast Du

Anderen hast Du Regenbögen
unübersehbar über den
Himmel gespannt,

bist in Wolken- und Feuersäulen
vor ihnen hergewankt, sie aus
der Knechtschaft zu führen,

hast sie die Träume
der Könige deuten lassen
auf Aramäisch,

deine Erwählten frei im
Feuer umhergehn und
Kinder am Loch der Otter
spielen lassen,

hast Schiffe in Richtungen
geblasen, in die sie
nicht steuerten,

hast Dich sage und
schreibe in unsere Haut
zu schlüpfen bequemt,

an einer Jungfrau Brust
hast Du gehangen,

Brote vertausendfacht,
das Herz auf der Zunge getragen,
den unsauberen Geist

eines Wahnsinnigen,
der schrie und sich
mit Steinen schlug,
in eine Herde Säue
fahren lassen und

was weiß ich noch alles
an Unglaublichem
vollbracht; das sich
erzählen läßt;

in einem namentlich genannten
Dorf sollst Du einen,
der vier Tage tot gelegen
und schon gestunken hat,
in seinen Tüchern und Binden
aus der Grabeshöhle
zurückgerufen haben,

das ist zweitausend
Jahre her, seitdem
setzt die Welt Deinen
Namen vorsichtshalber
in Anführungsstriche,

Dein Geheimnis
derart zu vertiefen
mit so über-
schwenglichem Tun.

Da kann man
am End noch aus
Grabschriften
Geburtsanzeigen
lesen.

Nach Goya

Sammle meine Tränen
in Deinen Krug, ist keine
vergeblich geflossen,
Weinen ist Steinerweichen,
aus einem Gesicht
ein Antlitz machen,
menschenmögliches Tun.

Man stelle sich vor:
die Zepter und Kronen
in Händen halten,
brokatene Potentaten,
pfäffische Dunkelmänner,
fänden ein einziges Mal
zu Tränen, auch sie haben
doch zwei Säcke voll
unter den Augen,

sie schämten sich ihrer
nicht, ihr Blick fiele
auf die Lastträger,
die unter ihrer Last
verschwinden, auf
Unglücksraben, Schnaps-
trinker, Geprellte,
Aufständische,

auf das Weib, das dem
Gehenkten einen Zahn
ausbricht, auf alle

in Teufels Küche, gekommene
fiele ihr Blick,
die sieben Tröstungen
gereichten ihnen
nicht zum Trost,

aus dem schwärzesten
Bild, der Hund,
höbe seinen Kopf,
und der Ertaubte
hörte ihn winseln.

Das Stündlein

Die Stunde,
die man das
Stündlein nennt.

Befeuchtet mir nicht
mehr die Lippen,
zieht die Kanülen
aus meinen Venen,

hört auf, mich
zu beatmen, nehmt
die gelbe Urintasche
von der Bettseite,
geht,

der letzten Worte
sind genug gefallen.

Noch kann ich die
Lider selber schließen,
um an Deinem Bild
zu erwachen,

als ob, wie in
Dantes Paradiso
mein Schauen größer wäre
als die Sprache,
die ihm nicht gewachsen.

Ich möchte noch einmal sprechen lernen

1

Ich möchte noch einmal
sprechen lernen,
die Hand eintauchen
und Wasser sagen
und schaudern, weil
die untergegangenen
Finger verkrüppeln.

Worte kommen als Bilder zur Welt.
Eins rappelte sich hoch,
blökte zum Gotterbarmen
und ließ sich geduldig scheren,
bis es ganz nackt war,
man sah seine Flanken zittern,
ich glaubte, es würde geschlachtet,

ein anderes fand,
von einem Tautropfen
vergrößert, den
Torkelweg in die
tiefversteckte
Kelchmitte
einer Blüte

und eins ist an mich ergangen,
das neigte sich über mich,
bekam Augen, Nase, Mund,
ich lernte kinderleicht
Lippenlesen, fiel ein in das
Atemduett, das Weltgemurmel,
zwischen Zugedecktwerden und
Amen.

2

Hineingeboren in die
alte Wortwiege
Susanni Susanni

Im Anfang war das
Pendeln über der Erde
seitdem weiß ich
der Boden schwankt

Aber mein Weinen erhört
mein Durst gestillt
mit vernünftiger
lauterer Milch

Unumkehrbares Wachsen
Sichausstrecken
und noch nicht
wissen wonach

Was alle fünf Sinne
für ein Pensum erledigten
ohne erledigt zu sein
könnte im Guinnessbuch
der Rekorde stehen

Der sechste Sinn
rieb sich die Augen

3

Ein Name im Abendgebet,
Kindern und Entschlafenen
faltet man die Hände;
ein Name aus zwei Silben,
nichts reimt sich darauf,

tagsüber nimmt niemand ihn
in den Mund, es sei denn als
Schreckensruf: Jesus Maria,
weil die Ernte verhagelt
oder das Geld heute weniger
wert ist als gestern,

die Schneiderin schrie
Kind Gottes, wenn ich
beim Anpassen
vor dem hohen Spiegel
in Ohnmacht fiel;

ein Name im Abendgebet,
ein Vogelruf
aus dem Schlafbaum,
ein Heimchen aus der
wärmsten Stubenecke.

4

Hier gelebt haben,
die Sinne noch zu
gesträubten Fühlern
gebündelt,

hier gelebt haben,
noch nicht bestürzt,
auf der Welt zu sein,
aber aus allen
Wolken gefallen,

hier gelebt haben,
ohne zu ahnen, daß so
das Paradies
aussieht vor
der Vertreibung;

eine vollendete
Kritzelei, mit raschen
Bleistiftstrichen
von der Hand
Horst Janssens
hingeworfen bei
zehn Promille
im Blut:

kleine, o-beinige
Mädchen, verbeulte
Brummkreisel, eine
Katze mit Schnurr-
haaren und Sehe-
rinnenaugen.

5

Premiere
Kindheit
die keine
Zuschauer braucht
keine Souffleuse
Ich darf
steckenbleiben
mitten im Staunen
getrost mich
versprechen bei
dem Zauberwort
Abarkadabra
(der gestürzte Pudding
läßt dennoch die
Lammform erkennen)
Lieblingsworte
wiederholen
ein ums
andere Mal

6

Durch die Fenster fällt Licht
auf Geweihe und Eberköpfe, auf
gerahmte Mohnfelder, Schiffe und
Pferdegesichter mit verzierten
Stirn- und Nasenriemen und

sintemal auf Stilleben
mit Jesus, geboren mit
Heiligenschein im
hohen gotischen Zimmer,

er sitzt bei Tisch, den
sanftesten Jünger an
seinem Herzen, gegenüber
hängt er am Kreuz, die
gemalten Nägel durch
Hände und Füße,

Sein Gesicht im dämmrigsten Raum
ist ein Antlitz aus stecknadelkopf-
großen, farbig gesprenkelten Steinen,
wir haben uns angeschaut,
wer hatte die größeren Augen,

er wandelt durch Ährenfelder und
auf dem ausladendsten Gemälde,
das der Rahmen kaum bändigen kann,
über das Meer, die Hand ausgereckt,
weil einer ertrinkt; nein,

die hohe weiße Gestalt im
Kahn, der zur Toteninsel
übersetzt, ist er nicht,
sagt meine Mutter,
was du auch immer
für Fragen stellst.

7

In Erdkunde pausten wir
die Grenzen des Deutschen
Reichs durch Pergamentpapier,
in Religion die Reisewege
des Paulus, dann wurde
dieses Schulfach abgeschafft,
in Religion sind wir
alle sitzengeblieben.

Es waren aber Punkte
im Atlas eingedrückt:
Braunau am Inn
und Bethlehem,
der Obersalzberg
und der Berg Zion,
ein Globus drehte sich
um eine schiefe Achse,
ein Zeigestock fuhr
über die Fingerknöchel,
was haben wir durchgenommen.

Manche aus meiner Klasse
konnten mir und mich
nicht unterscheiden,
sie schrieben aber
mit geführter Hand
das Menetekel von
der Wandtafel ab:
die Zeit sei nun erfüllet,
der große Sohn des Volks
sei uns geboren,
das war verbindlicher

als die Orthographie,
es war, als hätten
zwei Götter
die Köpfe vertauscht.

8

Geboren in einem Land,
das die Geographie
zwischen andere Länder
plaziert, die Geschichte
in die Ecke gestellt hat,
mit dem Gesicht zur Wand,
einer verrußten mit
Namenbewurf über
und über.

9

Schlips und Knoten, das
schwarze Konfirmationskleid,
bittesehr, alles zu seiner Zeit.
Auswendiglernen war gefragt,
nichts, was sich auf die
Schnell sagen ließ wie Fischers
Fritze fischte frische Fische:

ein Schwarzrock bleute mir
die zungenbrecherischen Namen
meiner Vorfahren ein, die ich
in meiner arischen Ahnenreihe
nicht gehabt habe: Nebukadnezar
Hiskia, Rahel, Zachäus,
der stieg auf einen Baum,
weil er zu klein war
und auch sehen wollte,
wer da kommt.

Mir kam zu Ohren, was
der „vermutliche gar nicht
rassejüdische Galiläer"
antwortete und sprach.

Mir kam zu Ohren das
beinewerfende Heil Heil,
das mit vollen Chören
alle Luft laute ruft ...

10

Sind Kinder Allesfresser,
doppelzüngige Kriechtiere,
Salamander, deren Augen sich
unabhängig voneinander bewegen,
drehbar nach allen Seiten,
exotische Fische mit
quergeteilter Iris für
Unter- und Überwassersicht?

findige Spinnen sind sie,
die treiben ein Fluchtseil
aus sich heraus, heften sich
an den seidenen Faden,
an dem alles hängt,

Hamster sind sie, Wühler,
ganz groß im Vorräteanlegen,
die dehnbaren Backentaschen
voller Worte zum Überwintern.

11

Kein Dorf ohne Engel-
macherin; unsere hat sich einmal,
um ihre schlafende Katze nicht
stören zu müssen, ihren
Jackenärmel abgeschnitten;

auch hat man ihr Kinder
gebracht, denen das Sprechen
schwerfiel, ihnen hat sie
mit den Borstenkrallen
einer Grille die Zungen gekratzt,
das hat geholfen;

ab Kriegsbeginn
machte sie keine Engel mehr,
das Vaterland, sagte sie,
brauche Söhne;

als die Söhne gefallen waren,
verlegte sie sich aufs
Bibelstechen; wer ihr Zigaretten,
Kaffee, Schlachtefett brachte,
durfte sich Rat bei ihr holen,
schwupp, eine Seite aufgeschlagen,

bei geschlossenen Augen, ich
schwöre, fuhr ihr Gichtfinger
auf die auskunftgebenden Stellen,
eine davon hieß: betet,
daß eure Flucht nicht
im Winter geschehe.

12

Um mein Haus mit dem
Heiligenschein ist die
Märchenhecke gewachsen,
nach hundert Jahren
wach ich hier wieder auf,
durch die Flure
stolpert die Schafherde,
die Böcke tragen Geweihe,
wo das Kreuz hing,
da Du hangest,
ein sauberes Rechteck
im Speckrahmen der Tapete
und einer der Nägel,
die in dem Bild
zu sehen gewesen sind.
In der Stube der Abendgebete
wächst Mohn zwischen Ähren,
wenn das meine Mutter wüßte,
ob die Mosaikaugen noch
im dämmrigsten Raum ...
das Herz im Leibe
tät ihr zerspringen,
ob der Kahn noch
zur Toteninsel übersetzt,
das ist Er nicht,
sagt eine Stimme;
ob das Lamm, als wenn
es erwürgt würde,
immer noch blökt, der
goldgerahmte Ertrinkende
immer noch Hilfe ruft,
das Heimchen aus

der warmen Ritze
immer noch inbrünstig zirpt?

so anhaltend hast Du mir
in den Ohren gelegen.
Nur eine Grille, ein
lebenslänglicher Wahn,
oder der Lockruf, ohne den
ich verloren wäre?

Die Erinnerung

Die Erinnerung

Die Griechen nannten sie
Mutter der Musen
und weihten ihr einen Altar.

Wir haben ihren Sitz in die Ganglien
der grauen Hirnrinde verlegt,
hinter eine kleine Zellmandel,
wo die Gefühle angesiedelt sind,
rechts wohnt die Angst, links
hat sich die Trauer niedergelassen,
dazwischen das grobe Sieb Gedächtnis,
in dem das meiste durchgerüttelt wird.

Zurückbleibt zum Greifen nahe
das Treppengeländer, poliert
von haltesuchenden Händen,
die hölzerne Fußbank mit dem
ausgesparten Griff, überhaupt
viel Holz, geäderte Dielen, Gebälk,
auf den knisternden Ton gestimmt,
nachts übernimmt der Holzwurm
das Ticken der stehen-
gebliebenen Zeit.

Neben dem Herd die Kiste voll
eben geschlüpfter Küken,
atmest du weiter, schwebt dir
Flaum in den Mund.

Die eine Delfter Kachel
mit den blassen Kartoffelessern,
denen man ein Vaterunser
durch die Backen blasen kann;
wie komme ich jetzt darauf.

Ein leichtes Ziel
für die Erinnerung
der Garten im Sommer,
samtene Löwenmäulchen,
die sich auf- und zu-
klappen lassen,
das Scheinturnier
der Strilizien,
in den Stangenbohnen
die glühenden Dochte,
nicht auszulöschen;
um einer Blume
den Namen zu geben,
fallen Tränen aus
roten hängenden Herzen.

Der Herbst kommt übers Feld,
die Sense geschultert,
das geschärfte armlange Blatt
fest mit Lappen umwickelt.

Ein Schneevorhang
sinkt aus dem Himmel,
an dem eben noch Drachen standen,
von Kohlenschaufeln
fällt glühende Asche, ich muß
an meine ersten Schlittschuhe denken
und glauben, ich habe sie an,

ein Gedanke, der hinreicht,
mich schwindlig zu machen.

Am meisten wünsche ich mir,
den Hof mit den quadratischen
Steinen vergessen zu können;
Hätte man um die Unbestatteten
Kreidestriche gezogen,
die Pflastermalerei
wäre hier zu Ehren gekommen.

Als wir auf zu kurz
gewordenen Beinen
gottweißwohin flohen,
durfte der Kies
auf unseren Wegen
nicht knirschen
und schweigt sich
bis heute aus.
Rissen vor Tag
die ungemolkenen Kühe
eiserne Ketten
über die Krippen,
schrien die Vögel,
daß Gott erbarm,
übernahm die Drossel
das Schluchzen,
setzte das tränende
Herz aus.

Ungerührt zieht die Erinnerung
Fäden aus vernähten Wunden;
was heraussickert,
ist schwer zu stillen,

als habe es eine zu
lange Gerinnungszeit
und wir seien
allesamt Bluter.

Kaltlächelnd regiert
die Gedächtniskunst,
stopft die Lügenmäuler,
die behaupten, es sei alles
nur halb so schlimm gewesen.

Jeden Tag einmal
läßt die Sonne
alle ihre Schatten
in meine Himmelsrichtung
Osten fallen;
das ist die panische Minute,
ich kann sie mir nicht
für ein andermal aufheben.

Liebes Haus hinter der
Zellmandel, schön alt-
meisterlich lasiertes
in übereinander-
gestreichelten Schichten,
damit nicht hindurch-
scheint das aus-
genommene Menschennest.

Zuweilen bei
erstandner Morgenröte
bringt mich der Wasserkessel
mit durchdringendem Pfiff

bis zu der Kleinbahnstation,
wo ich immer ausgestiegen bin ...

als ob
ein Gebet
erhört
worden sei.

Virginia Woolf

† 23. 2. 41

Das einzige Erlebnis,
das sie nicht mehr
beschreiben konnte ...

Es sei denn,
sie hätte die
Zukunftsform gewählt,
Lautgestalt, die sie
nicht liebte:

Ich werde gehn,
an einem Stock
werde ich frühmorgens
durch die Hügel
von Sussex gehn,

(wo bald mein
entrücktes, gegossenes
Ebenbild enthüllt
werden wird),

werde – vollendete Zukunft –
beide Manteltaschen voll
Steine gestopft, mich
so schwer gemacht haben,

daß meine Fußspuren
im Uferschlamm tief sind,
als sei ich bereits
mein Denkmal, und daß

die Ouse mich nicht
wird zurücktragen können
zu dem, der allein mir
noch hätte helfen können

in diesem Leben

Nachruf

auf einen Gefallenen

Wir werden uns wiedersehen,
bei unserem Kreidefelsen am liebsten,
dem schneeweißen Umriß,
du kniest nahe am Abgrund,
ich trage ein rotes Kleid
und halte mich an den Steinen,
wir sind verabredet,
du weißt Tag und Stunde.

Oder unter der Laterne
vor dem nächtlichen Haus
mit den erleuchteten Fenstern,
ich warte auf dich, wir können
uns gar nicht verfehlen,
der Taghimmel über uns
spottet jeder Logik:
fällt nun der Abend ein oder
glänzt uns ein schönerer Morgen?

Auch komme ich, wie spät
immer es sein mag, in unser
Café in Arles, wir sitzen
ineinanderversunken,
während die Billardkugel rollt
und draußen der arme Vincent,
brennende Kerzen auf seinem Hutrand,
die Staffelei aufstellt;
mein Gott, du mußt gehen,
um ihn zu warnen,

die Leute verjagen
alle Verzückten und
lachen über die Bilder.

Besser wir treffen uns dort,
wohin dich der Krieg
verschlagen hat, wo
nun für immer die
Geigenspieler auf den
Dächern sitzen
und die Brautpaare
fliegen können.

Kriegerdenkmal

O Gott, dieser
Kamerad, den ich
hatte, einen
verlogeneren
findst du nit,

läßt sterbend
noch irgend
etwas leben:

eine Fahne,
ein Vaterland,
Kronen aus
Katzengold,

als ob, wenn eine
Kugel kommt geflogen,
gilt sie mir
oder gilt sie dir,
noch Hurra
geschrien würde.

Literatur bei Herder

Heinz Piontek
Helldunkel
Gedichte
128 Seiten, gebunden.
ISBN 3-451-20910-1

Pio Baroja
Der Baum der Erkenntnis
Roman
300 Seiten, gebunden.
ISBN 3-451-22485-2

Mircea Eliade
Der Versucher und die Schlange
Roman
176 Seiten, gebunden.
ISBN 3-451-21886-0

Die Leiche im Strom
Die seltsamen Kriminalfälle des Meisters Bao
Übersetzt und herausgegeben von Wolfgang Bauer
Ca. 192 Seiten, gebunden.
ISBN 3-451-22598-0

Ding Ling
Jahreszeiten einer Frau
Roman
144 Seiten, gebunden.
ISBN 3-451-22157-8

Lao She
Sperber über Peking
Roman
200 Seiten, gebunden.
ISBN 3-451-22577-8

Shusaku Endo
Der Vulkan
Roman
192 Seiten, gebunden.
ISBN 3-451-22374-0

Xiao Hong
Der Ort des Lebens und des Sterbens
Roman
160 Seiten, gebunden.
ISBN 3-451-21414-8

Leonid Borodin
Die Frau und das Meer
Roman
2. Auflage, 144 Seiten, gebunden.
ISBN 3-451-21883-6

Leonid Borodin
Eine Geschichte aus sonderbarer Zeit
Erzählungen
240 Seiten, gebunden.
ISBN 3-451-22362-7

Felix Kandel
Moskau ganz unten
Roman
312 Seiten, gebunden.
ISBN 3-451-22407-0

Russische Weihnacht
Literarisches Lesebuch
Herausgegeben von Wolfgang Kasack
Ca. 192 Seiten, gebunden.
ISBN 3-451-22886-6

Alexander und Lew Schargorodsky
Die Ritter vom gefillten Fisch
Roman
288 Seiten, gebunden.
ISBN 3-451-21897-6

Scholem-Alejchem
Stempenju
Roman
144 Seiten, gebunden.
ISBN 3-451-21602-7

Elie Wiesel
Das Testament eines ermordeten jüdischen Dichters
Roman
336 Seiten, gebunden.
ISBN 3-451-22282-5

Elie Wiesel
Die Weisheit des Talmud
Geschichten und Porträts
Ca. 360 Seiten, gebunden.
ISBN 3-451-22885-8